KB182570

예쁘다 예쁘다 말하면 사랑이 오고

예쁘다 예쁘다 말하면 사랑이 오고

초판 1쇄 발행 2025년 1월 15일

지은이 | 박제근
펴낸이 | 김보경

편집개발 | 김지혜, 하주현
기획마케팅 | 박소영, 송성준
디자인 | 풀밭의 여치
일러스트 | 신진호
영업 | 권순민
제작 | 한동수

펴낸곳 | 지와인
출판신고 | 2018년 10월 11일 제2018-000280호
주소 | (04015) 서울특별시 마포구 양화로 1길 29, 2층
전화 | 02)6408-9979 FAX | 02)6488-9992 e-mail | books@jiwain.co.kr

예쁘다 예쁘다 말하면 사랑이 오고

박제근 시집

시간은 기다려주지 않네
바로 고백하지 않으면
사랑하지 못하리

공주 소리사(전파사)에서 고치는 일을 했습니다. 아들 덕분에 일을 그만두었지만, 아직도 내 손이 가면 웬만한 가전제품이 살아납니다. 그런 관계로 우리 집에는 중고품이 많습니다.

어느 날 중고 기계를 손질하고 있는데 집사람이 언제까지 고물만 만질 거냐고 성화를 냈습니다. 마침 듣고 있던 아들이 빨간 공책을 주었습니다. 그 일 그만하시고 매일하는 일을 일기처럼 여기다 기록하시면 훗날 누군가 볼 수 있지 않겠느냐고 합니다. 나는 속으로 어떻게 글로 세월을 고치나 싶었지만, 그래 해보자 용기 내어 일기처럼 써왔습니다.

아주 먼 길, 힘들고 어렵기만 했던 인생길이었습니다. 어떻게 살았는지 무엇을 했는지, 귀가 있어도 옳은 것을 듣지 못하고, 눈이 있어도 좋은 것을 보지 못하고, 입이 있어도 옳은 말을 못 하고 방황하던 세월이었습니다. 어둠의 터널에서 빛을 보게 해주신 지인님들이 있었습니다. 감수성이 좋다는 등, 문자 메시지가 시 같다는 칭찬이 참 좋았습니다. 눈을 뜨게 된 시작이었습니다.

참 먼 길 돌아왔습니다. 내 살아온 일생 동안 무엇을 했나 싶어 발버둥 치던 분노의 세월이기도 했습니다. 나이만 들어 내 자신을 사랑하지 못했나 싶다가도 지인님들이 청포도 같은 파란 꿈을 주어 내 살아온 삶을 표창할 수 있게 되었습니다.

이렇게 시집을 내게 되어 살아온 보람이요, 벅찬 행복입니다. 아울러 도와주신 편집자님들과 이 시들을 하나하나 정성껏 봐주신 이해인 수녀님께 깊은 감사를 드립니다.
감사합니다.

2부 | 가까이만 있으면 그저 좋다네

3부 | 태어날 때 울었으면 그만이지 왜 눈물 지우나

1부

—

놓치지 말아야지 빛나게 사는 것을

번개

대낮인데도
갑자기 캄캄해지더니
소낙비가 창문을 두드린다

빗줄기 따라온
번개가 세상을 들었다 놓는다

죄 없는데도
마음이 오싹해진다

나도 모르는 사이
죄를 지었나 보다
지난 날을 되돌아본다

빛나게 살고 싶어

햇살이
빛나기에
햇살처럼
살랬더니

해님은
벌써 서산에 기울고 있네

내일이면
햇살은
또다시 빛날 거야

내일은
놓치지 말아야지
빛나게 사는 것을

첫눈

밤새 내려
세상 갈무리하셨네

지나온 발자국에도
소복소복 덮어주고
맑은 마음 되게 하시네

설원에 누워
만세 부르면
햇살은 내게로 내게로
은총 빛나게 하셔
적막하던 나를 보게 하시네

- 찬호 미국 가던 날 눈 내려

엄청 좋은 날

큰손자 명균이
구구단 잘한다고
칭찬했더니

어느 날 네 살 진우
가슴에 안기며
구구단 한다며
2단 줄줄 외우는데
2818 2917 이래

그냥 나는 웃었더니
잘한 줄 알고 좋아하네
덩달아 나도 참 좋은 날

손자와 나
둘이는
엄청 좋은 날이었지

기다림도 행복

밤하늘은
별이 있어서
아름다운 줄 알았는데
그리움이 있었습니다

이 땅엔 꽃이 피어
아름다운 줄 알았는데
가슴에 사랑이
피고 있었기 때문입니다

내가 너를 좋아하고
네가 기뻐하기에
세상이 아름답습니다

네가 안부를 물어올
내일을 기다리는
마음이 행복합니다

참새

지붕 개량에
집터 잃은 참새들
이 추운 겨울을 나기에
얼마나 힘들었을까
어떻게 살아갈까
그래도 살아갈 방법은 있다고
보란 듯
내 집 앞마당에 앉아
조잘거린다

시간은 금이다

아침을
기다리는 사람아
무엇이 그리도 그리워
이 짧은 시간을
재촉하느냐

어제의 해가
짧았다 했느냐
오늘의 시간은
금쪽같이 지나간다

하루를
여는 사람아
무엇이 그리도 슬프더냐
짧은 시간에 울지를 말아라
울음도 시간이다

펑펑 울고 싶어

아무 말 말아줘
네 말 한마디에
내가 울지도 몰라

우리 이렇게 마주 보고
눈으로만 말하자
그래도 나는 충분히 행복해

네가 할 마지막 말
나는 알아
네 맘대로 해

지금 나는 펑펑 울고 싶으니까

접목된 은행나무

접목된 은행나무들
약속했나 보다

모체(母體)의 나무들이 심술 피울라
아래로 살자고

내가 너를 받쳐주고
네가 나를 받쳐주며

내가 널 좋아하고
네가 날 좋아하고

이렇게 포옹하며 살자

* 은행나무는 신기하게도 접목된 은행나무들을 절대로 위로 키우지 않습
  니다. 옆으로 아래로 설키고 겹치며 커도 은행알은 모체보다 훨씬 좋습
  니다.

분갈이

집사람이 분갈이를 하고 있다

돕고 싶은데 비켜주는 게 돕는 거란다

묵은 흙을 반쯤 털어내고
묵은 뿌리를 반쯤 뜯어내고
나는 저리 정성 들일 수 없다는 걸
집사람은 알고 있었나 보다

꽃을 많이 아주 많이
좋아하는 사람만이
할 수 있는 일이란다

그래도 그렇지
나보다 꽃이 더 좋은가 보다

세린이가 찾아와서

아침에
나의 기도가
예쁜 그리움으로
미국에서 찾아왔네

여섯 살 예쁜 세린이가
곱게 단장하고
할아버지 오래 사시라며
내가 할아버지 얼마나 사랑하는지 아세요

참 곱기도 하구나
귀엽던 세린이가
이렇게 곱게 자라
어른스런 말을 하다니

세린이가 찾아온 오늘
행복한 날 되었네

가을을 담다

한 톨 한 톨 주운 밤이
자루에 가득가득

한참을 줍고는
허리를 뒤로 하고
하늘 한 번 쳐다보고
만세 한 번 부르고

이러기를 수십 년
이제 놓을 때도 되었건만
놓는다 놓는다 하면서도
놓지 못하고 오늘도 주웠다네

이 가을 담아 줍는다네
내일 또 주울 거야

생각

뽑으려 하니 모두가 잡초이고
가꾸려 하니 모두가 꽃이었네

긍정의 마음은 내 탓이고
부정의 마음은 네 탓이란다

말이 씨가 되나

이따금
지인과 메시지를
주고받는다

그럴 때마다 감수성이 풍부하다는
칭찬을 받는다
시 같다고

말이 씨가 되나
자꾸 듣다 보니

정말 시를 쓰고 싶다

시간은 기다려주지 않네

가을 닮은
홍시가
너무 곱고 예뻐서
보고만 있었네

어느 날
까마귀가 쪼아서
마음이 아프고
슬펐다네

시간은 기다려주지 않네
바로 고백하지 않으면
사랑하지 못하리

곁에 두고도 먼 곳을 바라본다

나비야 쉬어가자
내 작아도
꽃이 아니더냐

풀 꽃에도 향기가 있거늘
무화(無花)를 찾는 자여
먼 데를 바라보지 마라

머리 위엔 구름이 떠가고
앞산에는 푸르름이 싱그럽다

그림책도 살아 있다

뱀은 까치 새끼를
이미 삼킨 모양이다
배가 불룩했다

어미 까치는 죽어라고
짖어대는 듯했다
교회당 종소리도
들리지 않았다

구렁이는 떠날 생각을
하지도 않는다
마음은 아프나 도와줄 수 없어
책장을 넘겨
덮어버렸다

나의 아침

눈을 떠보니
새벽 오경이라
엎치락뒤치락
집사람 잠 깨울까 불도 못 켜고

소낙비 소리 날까
샤워도 못 하고
아들한테 선물 받은
전동칫솔 전시품이 되었네

비데는 왜 이리도 요란한지
그것도 참아야 하고

더듬더듬 옷 챙기고
살금살금 서재에 와서

배는 쪼록쪼록
둑 터지는 소리 나고
아침 기다리다 샛밥되겠다

소원의 집

소원이 있었어
행복한 꿈을 꿀 수 있는 집
눈치 빠른 아들이 지어주었소
욕조도 옆에서 쫙 마사지 해주네
오 일에 한 번 가던 목욕탕 재미로 샤워하고
안방에는 퀸 침대 두 개, 이건 불만이다
내 서재도 별도로 있고
선물로 보내온 이 많은 책들 진열품인가 봐
몇 장 못 읽어
책만 보면 자장가야, 수면제네
몇 권 못 읽었어, 독서엔 영 재미가 없어
책만 보면 자장가야, 자장자장 잘도 자네
영화관처럼 보려고 거실엔 스크린도 설치했지
앞뜰 정원에는 소나무를 좋아해
소나무를 많이 심었어
작은 연못에는 물레방아도 잘도 돌고 있네
집사람 시시콜콜 참견해도
잔소리가 답이네
참으로 행복한 소원의 집

– 새집 입주한 날

짝사랑

너를 눈에 담으니
울렁거리고
너를 마음에 담으니
사랑이 오고
너를 가슴에 담으니
아~ 품고 싶어라

장미꽃

예쁘다 예쁘다
말하고 나면
사랑이 오고

사랑스럽다
사랑스럽다
맘먹어도
몸에 가시가 있어
품을 수가 없네

미소는
아름답게 팔아도
꺾이지는 않으리라

2부

—

가까이만 있으면 그저 좋다네

아들과 나

어렵기만 했던
다 큰 아들
힐끔힐끔 훔쳐보던 아들이
자랑스럽고 사랑스러워
포근한 오늘
행복한 시간
아들과 나

사랑하는 당신에게

(오늘부터 그 사람에게 보낼 편지를 쓰기로 했다)

여보! 오래간만에 펜을 들고 보니 어디서부터
말을 해야할지 모르겠습니다
세월은 유수와 같다 하더니 빨리도 지나갑니다
삼십사 년이 덧없이 흘러갔네요
조금만 더 당신에게 가까이 갈걸

댕기 딴 긴 머리 하얗게 변해가는
당신에게 죄스럽기도 합니다
눈가엔 잔주름이, 손가락 마디마디가 굵어진 것에
마음 아픕니다
마음까지 아프게 한 것 같아 더욱이 가슴 저려옵니다
좋았을 시절 훌쩍 넘기고 시간만 탓하고 있었습니다
우리가 처음 만났던 그때의 글귀가 생각납니다

나는 혈서로써 맹세를 당신에게 보냈지요
「순에게.
진정 사랑합니다. 이 목숨 다할 때까지 사랑하리라.」

나는 이때를 잊지 않으리오
여보! 이러던 우리가 좋은 생각 할 사이 없이

보낸 세월이 벌써 당신이 회갑이라니
여보! 지난 세월 탓해 무엇하겠소
앞으로 사랑 두 배 하며 살리다
여보! 아픔이 있거든 흘러가는 강물에 흘려보내시고
좋은 기억만 간직하세요
남은 인생 모든 것 당신 위해 바치리다

당신은 나를 잘못 만난 것이 아니라
세상에서 제일 많은 복을 받은 행복한 여인인가 합니다
어쩌면 모든 것은 당신이 닦은 정성 덕이라 생각합니다
또 있잖아요, 목석같다는 당신의 내가 곁에 버티고
당신이 우울할 때 벗이 되고 웃음 주리다
여보 이제 눈물이 있거든 거두세요 사랑해요 당신
그동안 못 해준 것 두 배로 모두 바치렵니다
당신이 꽃을 좋아하니 장미꽃 육십한 송이와 함께 내
마음
얹어 보냅니다

2008년 1월 8일 (음력 12월 1일) 회갑날

당신의 남자

내 맘속의 너

내가 너를
품고 싶은 마음은
뜨거운 감자였다

매미가
울고 나서야
여름이 왔다는 것을 알았다

세상을 품기보다
어려운 작은 가슴

내 맘속에
네가 늘 있는데
어느새 가을 바람 부네

중단하지 않으리

며칠 전부터 쌓기 시작한 석축이
오늘은 끝날 것 같습니다
그런데, 날씨가 너무 추워서
다음으로 미루고 싶은 생각이 듭니다
어제는 추위에 고생을 너무 많이 해서 망설여집니다
먼 동에 눈을 뜨고 일기예보를 보니
영하 십팔 도까지 내려간다고 합니다
어쩌나 하는 생각이 마음을 가닥 잡지 못하게 합니다
그래도 이제 중단하면 언제 할지 모르기에 옷을 두껍게
입고 밥이라도 먹고 가려고 주방을 들어설 때입니다
당신이 부스스 일어나 요것저것 챙겨주며 밥도 데워서
주고 떡도 데워서 챙겨주며 도시락을 싸 주기에
나는 그것이 그렇게 좋은지 눈물이 핑 돕니다
나는 도시락을 들고 소풍 가는 기분으로
집을 나설 수가 있었습니다
영하 십팔 도가 하나도 춥지가 않았습니다
잘한다는 칭찬보다 몇 배 힘이 납니다

　　　　　　　－ 기산 19-3 창고 뒤 석축 쌓던 날

찬호의 메시지

한 번의 스트라이크를 잡기 위해
수백 번 수천 번 공을 뿌렸는데도
날카롭게 가르는 방망이를
피하지 못하였습니다

이제는 아니되겠구나 하고 지쳐갈 무렵
갑자기 어머니 얼굴이 떠올라
던지고 던지고 자꾸 던졌더니
마침내 스트라이크 아웃을 잡았습니다

어머님의 기뻐하는 모습이
내 가슴에 있어 나를 미소 짓게 합니다

이토록 어머님은 내 마음속에 있어
나는 슬프지도 외롭지도 않습니다

내일도 오늘처럼 가겠습니다

- 아들 124승 하던 날

나는 당신을 기억할 수 있어

엊그제 나의 이종동생(정하숙)이
요양원으로 갔다는 소식을 듣고 슬펐고

오늘은 또 하나 삶의 전화번호를
내 폰에서 지웠답니다

이렇게 내 곁의 사람들이
하나둘씩 사라지고 있어요
왜 이리 슬픈지 모르겠어요

세월의 무상함에
눈물이 왈칵 터질 것만 같아요

그래도 나는 당신을 기억할 수
있는 것만으로도 감사합니다

삶의 지혜

어제는 즐거운 하루였습니다
누구나 행복을 누릴 수 있는 권한은 있습니다
그러나 원한다고 행복을 얻는 것은 아닙니다
행복이란 아주 질긴 고난으로 포장되어 있어
그 고난을 풀 수 있는 열쇠는 사랑입니다
감사합니다 고맙습니다 내 탓입니다
이렇게 말이에요

누구나 마음에 있는데도
그렇게 쉽게 열지를 못하고 있습니다
이제라도 하나씩 풀어나가면
남은 삶이 행복하지 않을까 생각됩니다

나이는 외롭기만 한 것

밤이면 너무도 적막하여 앞뜰 잔디밭 마당가 그네 옆에
가로등 하나를 설치했습니다
소나무도 문안 오고 향나무도 문안 오고
그네가 유혹하기에 앉아 보았습니다
하늘의 별님들은 무엇이 그리 좋아서 속삭이고 있는지
쟁반 같은 달님은 날 보고 웃자고 환하게 미소 짓는데
무슨 사연 이리도 많아 아무 말이 없는가
먹을 만큼 먹고 살 만큼 살았는데
무슨 미련 이리 많아 가슴에 담고 사는지
이래도 한세상 저래도 한세상
살다 보면 가는 길이 보이는데
어차피 가는 길에 빈손으로 갈 것을 잔뜩 쥐고 있는지

바쁘다는 핑계로 인사도 못 했네그려
우리 내일 당장 만나요
칼국수라도 먹으면서 어머니 해주신
옛날 칼국수 얘기나 해요
후식으로 커피 한 잔 시켜 놓고 껄껄 웃어나 봅시다

자식 아픔이 내 아픔

자식 아픔이 내 아픔 되어 가슴이 저려온다
큰 딸내미 큰 병 얻어 병원 신세 지더니
미국 있는 손녀딸(혜린) 발가락 깨졌다고
죽는 재갈하고 애미가 울어대어
애비가 죽는 줄 알았다네

막내 아들놈 병문안 간다고
식솔 모두 데리고 서울로 올라갔고
집사람 딸내미 병 수발한다고
올라간 지 수일이 되는데도
전화 한 통 없네그려

쇠퇴한 이 늙은이 큰 집에 덜렁 혼자 남아
이런 생각 저런 생각 마음만 아프고
배는 쪼록쪼록 뚝 터지는 소리 나고
식탁 위엔 덜렁 고추 세 개

에라~ 그래도 고추 된장 찍어 먹고
살아야지

이길 수 없는 나이

TV를 보고 있을 때
안방에서 나오더니
TV 불나겠다고 핀잔을 하네
TV도 못 보게 한다고
나도 화를 냈더니
말없이 불편한 모습으로
주방으로 들어간다

잠시 후 안 되겠구나 싶어 "알았어"
다시 고쳐 말하려 했지만 하지 못했어
이제는 집사람을 이길 수 없는
나이가 되었나 보다

살며시 뒤에 가서
집사람이 윷 노는 것을 좋아하니
껴안으며 저녁 먹고 윷 놀자고 살살거렸지
이제야 마음이 편해졌다
이렇게라도 달래야 했다

화해일기

2013년 12월 11일

당신이 서울로 올라가던 날
나는 당신을 꼭 잡아야 했는데
일랑한 자존심이 잡지를 못했네요

당신을 떠나지 못하게
매달려보아야 했는데
내가 바보여서 그렇게 하지를 못했네요

2013년 12월 12일

자꾸자꾸 당신 생각이 납니다
왜 이리도 외로운지 모르겠어요
애써 감추고 싶은 슬픔도 오고

내가 많이 미안했어
내가 많이 잘못했어
하고 싶은 말인데 아무 말도 못 했어요

2013년 12월 14일

남들은 우리를 부러워하는데
얼마나 좋으냐고 말들 하는데
왜 우리는 이러는지 모르겠어요
어떡하면 화해가 될까요?

2013년 12월 15일

(집사람이 화를 내고 떠난 지가 손꼽아보니 오 일
침묵하던 그 사람에게서 답신이 왔습니다)

「잡초는 곡식을 죽게 하고
화를 잘 내는 사람은 주위 사람을 힘들게 합니다」

이렇게라도 답장이 왔으니 물꼬가 트인 것 같았다

2013년 12월 16일

잡초는 생명은 있으나 감정이 없구요

곡식은 우리가 곡식만을 추구하기 때문입니다
화를 내지 못하는 사람은 길게 누운 사람이고
손뼉은 마주쳤기 때문에 소리가 납니다
잡초 속에 피어나는 꽃은 더욱 아름답게 보이고
힘들지 않던 사람은 기쁨도 모릅니다
기쁜 날을 기다리고 있어요

2013년 12월 18일

여보 내가 많이 미안했어요
나도 많이 괴로워
당신 없는 일주일이 너무 오랜 세월 같아요
당신을 보러 가려고 해도
당신이 고층에 있으니
창으로 들여다볼 수도 없고
문을 두드려도 문전박대하면 어쩌나 하는
두려움에 차마 올라가지 못하고
핑계가 되는지
좋은 날 되세요

2013년 12월 19일

어제는 장고항 건축 4층 마지막 레미콘 했어요
그런데 어젯밤
날씨가 영하 5도까지 내려간다기에
걱정입니다
잠도 안 오고 너무 힘들어요
이럴 때 당신이 같이 있어주기만 해도
얼마나 힘이 날까

2013년 12월 20일-1

뜻밖에 집사람이 내려왔다
놀랄 수밖에 없었다
그 사람 성격에 벌써 풀어지다니
꼭 부둥켜안고 뽀뽀라도 하고 싶었는데
아무 말도 못 했다
이렇게 메시지로 보냈다

「내려와줘서 고맙고 감사해.
내가 많이 미안했어.
이제부터 더 잘할게.
많이 사랑해 여보. J.K.」

2013년 12월 20일-2

메시지 답장이 왔다

「늘 병 주고 약 주는 당신
당신이 측은해서 왔어요.
45년이란 세월이 여기까지 힘들게 왔는데
얼마 남지 않은 종착역까지 가야 하잖아요.
행복하게 편안하게 할 수 있게 노력합시다.
부탁해요.」

2013년 12월 21일

「화 안 내서 고마워. 와줘서 감사하고
많이 미안했어. 그날까지 노력할게.
사랑해 여보. J.K.」

우리는 이렇게 해서
열흘이 되어서야
화해가 됐다
열흘의 시간이
나에게는 너무나 긴 시간이었다

그대와 나

그대와의 인연은
참 좋은 인연이라서
감사하고

만나면 반갑고
기쁨 주는 인연이라서
고귀하게 간직하고 싶고

헤어지면
그리운 인연이라서
참 좋고
내가 외로울 때
꺼내볼 수 있는
그런 인연 말입니다

그렇게 좋았던 어머니

어머니 시내 시장 가는 날
나도 따라간다며
울어댔지

안 된다고 하면서
가시던 어머니
한참 가시다 되돌아보며 손짓해
얼른 달려가 어머니 손을 잡았을 때
참 좋았었어

광주리에 잔뜩 이고
힘겨워하시던 어머니
나는 아랑곳 생각도 못 했어
한 손은 내 손을 잡고 갔었지
여섯 살배기 나에게도 십오 리 길은
너무 힘든 길만 같았어

그런데도 어머니와
같이 있으면
그렇게도 좋았어

오는 길에
눈깔사탕 하나가
모든 게 해결되지

참 좋았었어
행복했었어
그리운 어머니

                           – 어머니 제삿날 밤

삶의 길

파란만장한
어머니의 삶에서
나는
눈물을 배웠고

사랑하는
당신에게서
인내를 배웠소

아들은
나의 화를 멈추게 하였고

산다는 게 그런 게지
그러려니 하면서 사는 겁니다

산다는 게 쉽지 않다 해도
무엇을 탓할 수 있겠소

꾹꾹 참고 그러려니 하며
사는 게 인생이지

옛 생각

시골(기산)에서 송아지 서너 마리 키웠는데
동생이 부모님과 시골에 살아 동생 거란다
어머님 말씀이 동생은 시골에 사니
농토가 필요하고 너는 시내 나가고 싶어 하니
소와 땅과 바꾸라고 하시네
그렇게 정하고 송아지 어미소 되기만 기다리는데
땅값은 오르고 소값은 떨어져 애써 키운 송아지도
어미소가 되었는데 송아지값이네
속상해 퉁명스러워하니
어머님 괴로운 눈물로 날 달래네
어머님 입장에선 그러하시겠지
큰아들이 아니면 작은아들이 망했겠다
그때 생각이 자꾸 떠올라 괴롭습니다

당신의 깊이

깊은 것은 바다가 아니고
높은 것은 산이 아니라고
이제야 깨달았습니다

책장 속 쪽지에
당신 생각이 젖어 있습니다

낙엽 지는 가을이 오면
묵었던 추억이 두드려
더욱 못 견디게 그리움이 옵니다

단풍이 붉게 물들인 이유를
이제야 알았습니다

국밥

어머님 나이가 됐는데도
자꾸 어머님 생각이 나

전주 예수병원에서
수술하시고
보신탕이 좋다기에
국밥이라 속이고 사다 드렸다
잘 드시는 걸 보면서도
마음이 괴롭던 생각이 난다

늘 보신탕 때문에
아버님과 다투시던 생각이 나서

어머님!
그때 어머님이 드신 것은
국밥입니다
국밥 사다드린 거예요

어머님 나이가 됐는데도
자꾸 어머님이 그리워요

장끼

장끼는 혼자라서 산울림 되도록
가스러지게 울다가
까투리 한 마리 보면서
울음을 뚝 그쳤네
이제 너는 아프지 않을 거야

기다려도 오지 않는
그대 어이해 못 오시나

젊은 님은
세월 따라 떠나고
그 세월은 그리움만 남았네

석양
붉은 노을이 그리움에 물들어도
나의 황혼은 황홀로
이쁘게 물들이라

사랑하고 있음은 상상도 못 했다

어느 날 밤
바람은 아닌데
흔들린다는 것을 느꼈다

눈시울이 붉고
눈물방울이 맺히고야
나 혼자라는 것을
알았다

누구였을까?
고독할 때마다
오곤 한다

세월아!
바람이 아니구나

그리움이었다
달빛에 어린 그리움
조용히
흐느끼고 있었다

첫눈 오던 날

만나자는
약속 때문에
눈을 내려주시나 보다
우리의 마음을 아시는지

뽀득뽀득
발짝 위에
사랑 넘치게 담아 주시네

찬바람도 약인 양
파고드는
그대 숨소리 들려와
가슴은 쿵쾅쿵쾅
모닥불 피운다
아~ 행복이 이리도 넘칠까

스쳐가는 세월

스쳐가는 바람은
쌀쌀한 가을바람인가?
추억들이 달빛에
어리어 나부낀다

너는 나에게
어떤 존재였기에
이리도 가슴을
저리게 하는가

잊고 싶은 세월
속인 것도 아니고
속은 것도 아닌데
너무 마음이 아프다

별빛은 오늘도 흐르고
너와의 빛나던 시간들이
별빛처럼 반짝이네

가랑잎 어머니

따뜻한 햇살
가득 품은 푸른 잎
삶을 껴안은
나의 씨앗

송이송이
알찬 알갱이
탐스러움에
등이 휘는 줄도 몰랐다

어느 날
잘 여문 열매는
하나씩 떨어져 나가고

단풍잎 하나
가쁜 숨 쉬고 있네
그이가
가랑잎 된 줄은
우리는 까맣게 몰랐다

그이는
우리만을 위해

일생을
그렇게 살았다

아픔

이 세상에는
아픔이 참 많단다

꽃을 피우기 위해
봉우리 찢기는 아픔도 있고

씨앗 떨구기 위해
꽃잎 뽑히는 아픔도 있단다

사랑하면서도
가까이 못 하는 것도 아프지만

떠나보내는 너를
바라보는 것은 참 아픔이란다

그대여!
눈물 거두라 하지 마세요
주룩주룩 비 오는 날
흐르는 빗물이랍니다

참외 서리

철부지 친구야 무엇 하니
찬바람 부는 강 언덕에서
혼자 와 있어

강 건너 참외밭을 바라보며 웃어보았다
서로 손짓으로만
주고받던 생각이 난다

철부지야
격 없던 친구였지
만나고 싶은 얼굴들이 그립다

참외 꼬다리 물고
건너오는 물길은
세차고 멀기만 했었다

물고 왔던 참외는
누가 가져갔을까?
주고 싶은 사람이 따로 있었는데

- 칠십 년 전 강원도 춘천 소양강에서

철드는 나이가 되니

나이가 드니
늦철이 드는 게다
그 사람에게도
져주기를 즐기네

그래도
나와 오래 살아준
당신이 고맙기만 하고

다투며 살아온 세월이
나의 삶이었다면
세상이 두려우니
이제라도 잘하고 싶다

조금만 참을걸
좀 더 잘해줄걸
인생만리 화무십일홍일세

향기로 전하는 꽃처럼
나에게도
간절한 마음으로
그대에게 전하고 싶소

가을 사랑

내가 당신을 사랑할 때는
당신은 가을 햇살이었습니다

당신의 마음은
솔솔 부는 가을 바람이어서
당신이 좋아지는 이유입니다

붉게 물든 가을 녘에
타오르는 불꽃처럼
내 가슴도 타오릅니다

이제 단풍으로
한 줌의 낙엽 된다 하더라도
그대로 사랑하리라

그리운 어머님

달빛이 아무리
부드럽다 한들
우리 어머님 마음만 하랴

별님이 사랑스러운 것을
우리 어머님의
눈빛이려니
내가 아플 때
우리 어머니의 손은
약손이었어

나의 허물은
당신 허물이었고

내 삶 속에서는
언제나
어머님이 있어요

내가 눈이라면

내가 눈이라면
함박눈이 되어야지
더위에 지친 아들에게 내려가야지

태양이 날 녹이고
산산이 조각나
허공으로 사라진대도
LA로 갈 거야

내가 지어준 이름
내 성을 따고 찬호라 했지
어느 세월에
파란 새순들
너울너울 손짓하네
애린, 세린, 혜린
자꾸 보고 싶은 것을 보니
너를 닮았나 보다

행복한 마음

인연인가 운명인가
당신과의 만남은
참 바보스러웠지
처음 당신을 만나던 날
낳이 부끄러워
어쩔 줄을 몰랐었지
(땀에 젖은 와이샤스 발고락 나온 양발)

사주단자를 들고
당신을 만나러 가던 날
택시가 도랑에서 멈춰버렸고
급한 걸음으로 들어가던 독골길

길가로 코스모스 불쑥 튀어나와
산들바람과 흔들거리며 웃음 팔아도
나는 당신만 생각났어
당신을 너무 오래
기다리게 했었나 봐
모두들 마중 나와 있었지

어느덧 반세기가 지난
그 세월 아련한데

내 곁에 있어줘
너무너무 감사하고 고마워
많이 사랑하고 있어

여보, 아프지 말아줘

　　　　　　　　- 인천 세종메드플랙스 입원길에
　　　　심장 이상 없다 진단받아 기분 좋았어

금쪽같은 내 아들

천리만리 멀다 해도
창가에 드린 별빛이
너의 소식 전해오면
반가워 웃겠네

내가 누구누구를 만나
잘났다 잘났다
자랑하던 금쪽같은 아들이
나에겐 그리움만 주네

바다 건너 멀고 먼 길
이역만리 멀다 해도
하루면 닿을 길
자주 오라 못 하네

만나면 할 말 없고
네가 나에게 아무 말 안 해도
어릴 적 아들 같지 않다 해도
가까이만 있으면
그냥 좋기만 하다네

빛나라 은수

나!!
찬호 아빠야
빛나라 은수 맞네
한눈에 알아봤지

여기서
은수를 만나다니
오늘은 행운이었네

찬호한테 카톡 보냈어
"나" 오늘 행운 먹었다
엄청 기분 좋았어

싸인
팬들의 마음을
이제 느낌이 오네
아무리 바빠도
싸인 피하지 마 찬호야!!

* 찬호한테 가는 길이었다. 엘리베이터 앞에서 우연히 연속극 〈빛나라 은수〉에 나오는 배우를 만났다. 찬호가 사는 아파트에서 살고 있었다.

그리움

간다는 말에 울적해도
가지 말라 잡지 못했네
오늘 밤 달님 보고
잘 갔느냐 물랬더니
구름이 훼방을 놓네

내가 그리움에
너의 안부를 묻고파도
네가 아파할까 봐
차마 소리 내어
울지도 못하네

사는 게 박복해서 그러한 건지
떠나서 그리운 건지
어느새 외로움이
내 벗이 되었다네

네 별 내 별 따지지 말고
별 하나 하늘에 심어놓고
그 별에 내 외로움 담고
그 별에 네 그리움 담으면

그 별이 네 안부 전해주겠지
찬호 미국으로 가던 날

달 속에 네가 있네

창가에 기운
달 속에 네가 웃고 있네
커피 잔 속에 추억이 그리웁게 하고

지금은 보여줄
사진첩도 있고
그때는 달랑
중학교 1학년 교과서

그 애는 교과서 책장을 들척이며
빙그레 웃었지
"나 간다"
들었지만
아무 말도 못 했어

용기 내어 쫓아갔지만
너는 이미 가고
달님만 웃고 있었어

그 밤 달빛은
유난히도 밝았지
숨바꼭질은 싫어

이제 그만 나오렴
이젠 말할 수 있어

오늘도 달 속에
너는 웃고만 있네

보름달 뜨는 날 옛 생각이 난다

찬호로부터 메시지가 왔다

아버지 생각

셋째 딸 막둥이와
자전거를 타면서
내가 어렸을 때가 생각납니다

아주 오래전 내가
우리 딸만 할 적에
아버지와 자전거를 타고
공산성에 갔던 생각이 납니다

카메라에 사진을 담기도 하고
엄하기만 하시던 아버지가
이렇게 좋을 때도 있었구나 생각을 했습니다

우리는 아버지가
항상 그 자리에 있을 줄만 알았습니다

허리가 구부정하게 휜 아버지가
힘 없이 변해가시는
지금 연로하신 아버지의 모습을 보면서
그동안 우리 가족을 끌어안은

아버지의 삶이었다는 걸 이제야 알았습니다

그런 아버지가 많이 그립습니다
아버지 사랑해요

2018년 2월 7일 새벽
찬호 올림

눈이 펑펑 내리던 날

눈이 쌓이는 날엔
너는 어떻게 지내나 싶어

이미 남이 되어버린 너를
그래도 보고 싶다

두터운 외투를 입고
뜨개질 모자를
푹 눌러쓰고 있으면
나를 몰라보겠지

멀찍이서라도
너만 보고 싶다

나를 알아보면 어찌할까
커피라도 하자고 할까
우리
악연은 아니었지

나와 이야기

사랑할 수 없어
마음이 아프지만

사랑하다
헤어지는 아픔을
너는 알고 있니

잠 못 이루는 밤
나와 이야기한다
꼭 잡지 그랬어

그러고 싶었는데
왜 용기가 없었니

떠나고 나서야
사랑했다는 걸
알았다

웃으며 헤어질 수 있는
인사인 줄 알았다

기다림

그 사람

멀리 있는데도
가까이에서 그립고

혼자 있는데도
내 곁에 와 흔들고

내가 그리워 할 때는
늘 나를 외롭게 하고
보고 싶을 때는
신기하게도 출렁인다

혹여나 하는 기다림
마음을 흔드네

함박눈 내리는 날

함박눈 내리는 날
기다리는 사람이 있었다

빨간 벙어리장갑을 낀 손이
어찌나 예쁘던지
눈발에도 하나도 춥지가 않는다

함박눈 내리는 날에는
그 애 생각에
가슴에 불을 지피어
모난 마음
모다 태워버렸지

3부

—

태어날 때 울었으면 그만이지 왜 눈물 지우나

추억

애! 너 지금 뭐 하고 있니

불현듯 추억이가 찾아와 묻네

네 생각하고 있어

까치 설날

서울에서 내려온 아이들은
내일이면 세뱃돈 탄다고
야단법석을 떠는데
갑자기 정신이 멍해도
기분이 좋네요

명절은
이 아이들한테는 이렇게 좋은데
어릴 적 세배 다니면서
음식상 받던 좋은 기억이 난다

장사 잘되냐고 묻는 말에
그냥 그래요 잘되는 게 있나요
딸내미 한숨 소리에 내 가슴 철렁 내려앉네
그래도 벤츠 타고 내려왔으면서
웃음이 없네요

보리밥 먹던 시절 그때가 그립습니다
제사상이나 명절 때만 조기를 맛봐도
만나면 좋아서 껴안고 웃고
떡국 먹으면서도 웃고
상 치우고 윷 놀자고 웃고

웃음 그칠 줄 몰랐는데
참도 많이도 변했네요
좋은 세상 좋은 줄 모르고 답답하기만 합니다
가슴이 저리고 아파옵니다

이해인 수녀님 시를 읽고

시인 이해인 수녀님의
내 남은 날의 첫날의 시편에서
오늘이 마지막인 듯 살게 하소서 하던 기도를
오늘은 내 남은 생애의 첫날임을
기억하며 살게 하소서라는 기도문에서

내 마음을 흔들어
내 남은 시간들이
덤의 시간이 아님을
남은 시간들도 기다림임을

나의 세월은
나이를 더하는 것이 아니라
익어가는 것이라고
내 나이는 늙는 것이 아니라
지혜가 쌓이는 것이라고
살아온 세월
모둠의 날들을 정리하는
함축된 고귀함이라고

내일은 희망이고
오늘은 시작입니다

일본 할머니

백 세 시인(시바타 도요)
일본 할머니는
하루하루를 넘길 때마다
사랑스럽다고 한다네

내 나이 일흔도 아직도인데
하루하루가
감사하게 다가옵니다

오늘의 감사함도
짧게 짧게 가고야 맙니다

감사한 오늘 하루를
어찌 보내야 할까
사랑 아니면
감사로 보답해야지

감사한 하루
사랑스런 오늘

사랑하면 행복해

친구야
무엇 하니
나이는 들어도
사랑은 할 수 있대

혼자면 어때서
사랑은 혼자도 하는 거래

너도 사랑 해봐
엄청 좋은 거야
사는 세상이 달라진단다

파란 하늘만 쳐다보아도
평화가 오고
밤하늘에 별님만 보아도
사랑이 오고

밝은 달님은
나를 감싸안고
포옹해주지

너무 행복해

사랑할 수 있는 순간을 미루지 마세요

세상에 태어나 살 수 있는 시간을
한세상이라고 하지요
어떻게 보면 수천 수억만 년 오가는 세월 속에
우리의 한세상은 백이 모자라는
아주 짧은 숫자 안에서 살고 있습니다
그보다 더 적을 수도 있습니다
늙고 병들어 이리저리 빼고 나면
훨씬 적을 수도 있습니다
그러고 보면 좋은 시간은 그리 많지 않습니다
어쩜 우리의 짧은 삶 속에
좋은 생각 할 수 있는 시간은 너무나 짧습니다
사랑할 수 있는 순간을 미루지 마세요

인생 굽이굽이

우리가 세상에 태어날 때
엉덩이 얻어맞고 울었으면 그만이지
왜 세상사 눈물 지우나

세상사 관조하지 못하고
언제나 불평만 한다면
그처럼 불행한 일이 있을까

선택하여 살 수 있다면
얼마나 좋겠소
본디 삶이란 그런 거랍니다

너무 객기 부리지 마세요
모든 것은 순간에 지나갑니다

산다는 게 감사해

작년에는
연탄 배달하면서
참! 나는
복 받았구나 하고 감사하고

올해는
김치 배달하면서
참! 나는
행복하구나 하고 감사하고

힘들고 외롭던 시간들
이제
잊을 수가 있었다네
산다는 게 너무 감사해

이웃 돕기

너무 고마워 그러지 마
내가 할 일을 한거야

작은 사랑인데
큰 선물 받았잖아

나는 지금 엄청 기뻐
많이 행복하고

너도 기쁘고 행복했음 좋겠다
우리 같이 웃어봐

너랑 나랑 같이 사는
같은 공간이면 좋겠다

- 시청에서 이웃 돕기 성금하던 날

바다는 아무 말이 없고

겨울바람이 몰고 간
쓸쓸한 백사장은
파도 소리만 처량하구나

둥지 잃은 갈매기의 울음소리
갈댓잎 죽어가는 슬픔이던가 피리 부네

저편 하늘 무너진 사이로
지는 해 노을
인생 가을로 가는
황혼인지도 모르겠다
바다는 아무 말이 없네

어른 되고 싶던 옛날 생각

비가 내리네
지붕에 내려
낙수 되어 내리네

뜰에서
양손을 모으고
손을 내밀어
낙수를 받아본다

금세
한 움큼 되어
넘쳐흐른다
더 많이 받을 수 없나 봐

더 큰 손으로
받아도 넘쳐날까
빨리 나도
어른이 되고 싶다

큰 손으로
받아보고 싶어서
어른 손은

넘치지 않을 거야
어른이니까

갑자기 옛날 생각이 나!

동짓날

어릴 적 동짓날은
새알심 타령 하며
팥죽 한 그릇 후딱하고
등잔불과 졸고 있어도
긴긴밤인 줄 몰랐는데

젊은 날의 동짓밤은
알콩달콩 깨가 서 말
긴긴밤 짧기만 하고
날 새는 줄 몰랐다네

지금의 동짓밤은
엎치락뒤치락
기와집 열두 채를 지어도
길기만 하는구나

그래도 액운을 막아주어
무탈하게
여기까지 왔는데
모든 게 감사하기만 하다네

옛날 생각

들 언덕에서 내려 보이는
잘 익은 노란 이삭이
날 보고 인사하네
먼 하늘 창공에
흘러가는 구름 따라가면
묵은 추억이 흐르고

어머니 머리 위에
샛밥 광주리 뒤를
막걸리 주전자 들고
졸랑졸랑 따라가던 시절

어느새 내 손자 손녀가
열 손가락 밖이라네

혼자 가는 길

혼자
가는 길이라서
외로움 있어
둘이라면 좋으련만

혼자
갈 수밖에
없는 길이라
그리움 두고 가오

그대여!
이 길을
지나신다면
모든 것 보듬고
천천히 가시와요

이젠 나 혼자
두렵지도 무섭지도 않아요
파란 하늘이 보이네

이제는 모든 것 내려놓으리

꽹과리와 장고가
엄연히 소리가 다른데
같이 어울리면
흥겨워 가슴에 닿고

딸과 아들의 말이
달라서 어느 말이
옳을까 하는데
같이 놓고 들어보면
모두가 귀를 기울일 수밖에

이제 내 나이 가리켜
말하기에
이젠 나는
내려놓아야 하는 때가
되었나 보다
비우자 모두 비우고 가자

꽃잎에 젖은 추억

꽃잎 주워
책갈피에 꽂아둔 채
보내지 못한 세월들

눈먼 시간에 매달러
허리가 휜 뒤에
느껴오는 설움

왈칵
그리움 쏟아져
마음이 달려간다

너의 자태가
눈앞에 아른거려
숨바꼭질하고 있네

아~
지난날들이여
못 보낸 사연 이유가 무엇일까

청첩장 받던 날

모두 끝난 줄 알았던
내 나이에 초대장 받고
모처럼 정장하고 나섰네
몇 번이나 더 입어볼 수 있을까

김학수 교수님이
부인을 소개하시며
시를 쓰신다 하신다

얼마 전에 내 일기장 한 토막을
재미로 발표했는데
멋진 시라고
꽃을 피웠습니다

정말 내가 시를 쓴 걸까
자꾸만 말을 하니
정말 내가 시를 쓴 것처럼
자꾸만 불 지펴봅니다

우리 아기

엄마 배 속
열 달 넘게
사랑받았으면 됐지
세상 태어나며
찬바람 싫다
울어대네

아기는 울어도
즐거워지는 신기한 마음
행복해지네

복덩인가 봐
자꾸자꾸
닮아가는 사람
아비와 어미에게
닮고 닮아서

모두 닮는다 해도
옳은 것만 닮으렴
바가지 긁지 말고
고집 피우지 말고
우리 아기 착하지

삭쟁이

예전에
푸르지 않은
나뭇가지 있으랴

어제는 파란 잎사귀
파란 가지였었다

마지막 잎
떨군 삭쟁이
푸른 향기 잃은
막대기

그래도 그는 세월을
탓하지 않았다
운명을 받아들일 줄 알았다

부탁해 그리고 너무 일하지 마

우리가 아버님(장인) 뵈올 때는
벽을 앞두고
쪼그리고 있으셨습니다

벽지는
손톱으로 찢기고 할퀴어
난장판이었고
자리에 뉘울 때는
눈동자마저 희미해
두렵기까지 했습니다

무엇인가
말씀하시기에
귀를 기울였더니
조용히
당신 따님을
부탁하시기에
나는
집사람 손을 꼭 잡고
우리는 눈물만
펑펑 쏟았습니다

잠시 후
띄엄띄엄
"너무… 일하지 마"

그 후
일 개월이 지나
다시는 말씀을 들을 수가 없었습니다
당시 팔십구 세셨습니다

삼십 년이 지난
지금에 와서
이해가 됩니다

"부탁해"
그리고
"너무 일하지 마"

눈꺼풀 수술

아들이
아버지 눈꺼풀
수술하시라네
이 나이에 무슨 수술을
그래도 수술하라는 말에
은근히 좋았어

의사님이
눈 아래위를
동그라미 그리며
십 년은 젊어진다며
농까지 곁드시네
얼마든지 받아줘야지
싫지 않으니까

일요일 오후
예약일 삼 일이
왜 이리 길게 느껴질까
젊어진다는 말이
그렇게도 좋았을까
수술이 끝나고
의사 왈 잘되었다네

이구동성으로
십 년은 젊어졌다는
아들 말에
오늘은 말야…
너 때문에 젊어진 날

잊고 싶은 기억들

나이가 들면
하나씩 잊어간대
그래서
하나씩 잊어가고 있어
이제는
손자 이름도 잊어버렸어
눈감고
한참을 헤맸어

그런데 말야
슬픈 기억은
아직도 생각나
아픈 기억 같은 거 말야
먼저 잊으면 좋으련만

그럼 행복해지지
않겠어?
슬퍼지는 것은 싫어

나 여기에 아직도 있네

날던 새도
날개가 꺾이면
살아도 산 게 아니고

호랑이도 늙으면
이가 빠진 채
무리에서 쫓겨난다

내 인생도 늙으니
고지서 같던 청첩장도 뚝 끊기고
정장이 옷장에서
하품을 한다
나 아직도
여기에 있는데

노을

이제 그대도
노을에 물드시네

저리 아름다움에도
외로워하는구나

외로움에 젖는 것은
그대만이 아니다

석양에 노을 짐도
황혼에 젖는다

세월은 그대에게만
오고 가지 않는다

                    - 아들이 보내온 사진을 보며

달동네 할머니

할머니를 만나려
언덕길을 오르고 있었다

너무 숨이 차고 힘들어
겨우겨우 버티며 오르고 있었다

왜 할머니는 이리 높은 곳에 사실까
할머니는 이리도 힘든 언덕길을
어떻게 오르고 내려갔을까

얘야, 나도 한때는
그런 생각을 한 적이 있었단다

이 언덕을 탓하랴
내가 여기에 무탈하게 살잖니

설

설날
아침 해가
밝아옵니다
지나간 날들
보내주신 마음
참으로 고마웠습니다

흘러가는 세월은
아쉬움 많지만
정은 더 깊어가고
그립게 합니다

바쁘게 살아온
나의 삶 속에는
님과의 시간이
참 좋았습니다

너무 멀리 와 있어

뒤돌아보니
너무 멀리 와 있어

사랑도 미움도
지나간 꿈이었네

잊으려면
그리움 더 깊어지고

생각이 나면
가슴 아파오고

꿈은 아득한 그리움인가 봐
그리움은 머나먼 아픔인가 봐

어머니의 달

달이 뜨는 날에는
괜스레 밖에 나가 서성이죠
달을 보며 중얼중얼

쥐었던 청춘끼지
내놨는데도
자꾸만 날 흔들어요

지금도 엄마가 그리워지고
하늘에서 내려올 것 같아
그리움만은 못 놓겠어요

못 오시는 줄 알면서도
자꾸만 자꾸만 보고 싶어서
이럴 때는 달빛을 껴안지요

엄마 닮은 달님의 자장가에
나는 어린애 되어 스르르
고요히 잠이 들어요

가는 길

길을 가다 보면
소도 보고 말도 보고

인생길 가다 보면
기쁨도 있고 슬픔도 있고

살다 보면
고통도 있고 괴로움도 있고

누가 삶을 말할 수 있겠소

삶이란
아픔 속에 있고

슬픔이 지나가고야
행복해집니다

수녀님께-아름다운 우정

해인 수녀님 처음 뵙는 날
낯설지 않게
대해주신 맘
넓은 바다
나는 작은 새

길지 않은
만남이
가슴에
호수 하나를 생기게 해
그리운 조약돌
던져봅니다

먼 훗날 생각날 때
우정으로
그리워질 거야

삶의 둘레

달빛 흐르는 공주의 비단 강
물안개 피는 새벽
아침 햇살을 받아 눈을 뜹니다

구름에 휘감긴 계룡산과
인사를 하며
어제의 추억과
내일의 꿈을 이어갈
오늘~
나는 밭을 갈고
아내는 물을 주며
사랑의 열매를 키우는
하루가 시작됩니다
우리가 살아갈 이 터전에
희망을 심는 파란 꿈의 행복
오늘의 삶에 감사합니다

- 박제근, 정동순

지나간 세월의 흔적들을 다시 보는 것 같아 마음이 짠하네요. 힘들고 어려웠던 우리의 삶이었지만 열심히 잘 극복하고 잘 살아왔기에 지금은 정말 행복하지요? 남은 시간 고맙고 감사하며 소중하고 행복한 시간으로 만들어갑시다. 사랑합니다.

- 아내 정동순